刺青

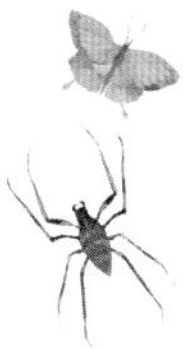

谷崎潤一郎＋夜汽車

初出：「新思潮」１９１０年11月

谷崎潤一郎

明治19年（1886年）東京生まれ。東京帝国大学国文科中退。在学中に同人雑誌「新思潮」（第二次）を創刊し、「刺青」などを発表する。代表作に、『痴人の愛』『春琴抄』『細雪』『陰翳礼讃』などがある。「乙女の本棚」シリーズでは本作のほかに、『魔術師』（谷崎潤一郎＋マツオヒロミ）、『秘密』（谷崎潤一郎＋しきみ）がある。

夜汽車

イラストレーター。少女を描くことと19世紀末の挿絵画家を好む。懐かしいような落ちついた雰囲気のイラストを目標に制作している。著書に『夜長姫と耳男』（坂口安吾＋夜汽車）、『おとぎ古書店の幻想装画』、『Illustration Making & Visual Book 夜汽車』がある。

それはまだ人々が「愚《おろか》」と云う貴い徳を持って居て、世の中が今のように激しく軋《きし》み合わない時分であった。殿様や若旦那《わかだんな》の長閑《のどか》な顔が曇らぬように、御殿女中や華魁《おいらん》の笑いの種が尽きぬようにと、饒舌《じょうぜつ》を売るお茶坊主だの幇間《ほうかん》だのと云う職業が、立派に存在して行けた程、世間がのんびりして居た時分であった。女定《おんなさだ》九郎《くろう》、女自雷也《じらいや》、女鳴神《なるかみ》、——当時の芝居でも草双紙《くさぞうし》でも、すべて美しい者は強者であり、醜い者は弱者であった。誰も彼も挙《こぞ》って美しからんと努めた揚句は、天稟《てんぴん》の体へ絵の具を注《つ》ぎ込む迄《まで》になった。芳烈な、或《あるい》は絢爛《けんらん》な、線と色とがその頃の人々の肌に躍った。

馬道《うまみち》を通うお客は、見事な刺青《ほりもの》のある駕籠舁《かごかき》を選んで乗った。吉原、辰巳の女も美しい刺青の男に惚れた。博徒、鳶《とび》の者はもとより、町人から稀には侍なども入墨《いれずみ》をした。時々両国で催される刺青会では参会者おのおの肌を叩いて、互に奇抜な意匠を誇り合い、評しあった。

清吉と云う若い刺青師《ほりものし》の腕ききがあった。浅草のちゃり文、松島町の奴平《やっへい》、こんこん次郎などにも劣らぬ名手であると持て囃《はや》されて、何十人の人の肌は、彼の絵筆の下に絖地《ぬめじ》となって拡《ひろ》げられた。刺青会で好評を博す刺青の多くは彼の手になったものであった。達磨金《だるまきん》はぼかし刺《ぼり》が得意と云われ、唐草権太《ごんた》は朱刺《しゅぼり》の名手と讃《たた》えられ、清吉は又奇警な構図と妖艶な線とで名を知られた。

もと豊国国貞の風を慕って、浮世絵師の渡世《とせい》をして居ただけに、刺青師に堕落してからの清吉にもさすが画工《えかき》らしい良心と、鋭感とが残って居た。彼の心を惹きつける程の皮膚と骨組みとを持つ人でなければ、彼の刺青を購《あがな》う訳には行かなかった。たまたま描いて貰えるとしても、一切の構図と費用とを彼の望むがままにして、その上堪え難《がた》い針先の苦痛を、一と月も二た月もこらえねばならなかった。

この若い刺青師の心には、人知らぬ快楽と宿願とが潜んで居た。彼が人々の肌を針で突き刺す時、真紅に血を含んで脹《ふく》れ上る肉の疼《うず》きに堪えかねて、大抵の男は苦しき呻《うめ》き声を発したが、その呻きごえが激しければ激しい程、彼は不思議に云い難き愉快を感じるのであった。刺青のうちでも殊《こと》に痛いと云われる朱刺、ぼかしぼり、――それを用うる事を彼は殊更喜んだ。一日平均五六百本の針に刺されて、色上げを良くする為め湯へ浴《つか》って出て来る人は、皆半死半生の体《てい》で清吉の足下に打ち倒れたまま、暫《しばら》くは身動きさえも出来なかった。その無残な姿をいつも清吉は冷やかに眺《なが》めて、

「さぞお痛みでがしょうなあ」

と云いながら、快《こころよ》さそうに笑って居る。

意気地のない男などが、まるで知死期《ちしご》の苦しみのように口を歪《ゆが》め歯を喰《く》いしばり、ひいひいと悲鳴をあげる事があると、彼は、「お前さんも江戸っ児《こ》だ。辛抱しなさい。――この清吉の針は飛び切りに痛《いて》えのだから」

こう云って、涙にうるむ男の顔を横目で見ながら、かまわず刺《ほ》って行った。また我慢づよい者がグッと胆《きも》を据えて、眉一つしかめず怺《こら》えて居ると、

「ふむ、お前さんは見掛けによらねえ突《つ》っ張《ぱり》者だ。――だが見なさい、今にそろそろ疼き出して、どうにもこうにもたまらないようになろうから」

と、白い歯を見せて笑った。

彼の年来の宿願は、光輝ある美女の肌を得て、それへ己《おの》れの魂を刺り込む事であった。その女の素質と容貌とに就いては、いろいろの注文があった。啻《ただ》に美しい顔、美しい肌とのみでは、彼は中々満足する事が出来なかった。江戸中の色町《いろまち》に名を響かせた女と云う女を調べても、彼の気分に適《かな》った味わいと調子とは容易に見つからなかった。まだ見ぬ人の姿かたちを心に描いて、三年四年は空《むな》しく憧《あこが》れながらも、彼はなおその願いを捨てずに居た。

丁度四年目の夏のとあるゆうべ、深川の料理屋平清《ひらせい》の前を通りかかった時、彼はふと門口に待って居る駕籠の簾《すだれ》のかげから、真っ白な女の素足のこぼれて居るのに気がついた。鋭い彼の眼には、人間の足はその顔と同じように複雑な表情を持って映った。その女の足は、彼に取っては貴き肉の宝玉であった。拇指《おやゆび》から起って小指に終る繊細な五本の指の整い方、絵の島の海辺で獲れるうすべに色の貝にも劣らぬ爪の色合い、珠《たま》のような踵《きびす》のまる味《み》、清冽《せいれつ》な岩間の水が絶えず足下を洗うかと疑われる皮膚の潤沢。この足こそは、やがて男の生血に肥え太り、男のむくろを蹈《ふ》みつける足であった。この足を持つ女こそは、彼が永年《ながねん》たずねあぐんだ、女の中の女であろうと思われた。清吉は躍りたつ胸をおさえて、その人の顔が見たさに駕籠の後を追いかけたが、二三町行くと、もうその影は見えなかった。

清吉の憧れごこちが、激しき恋に変ってその年も暮れ、五年目の春も半ば老い込んだ或る日の朝であった。彼は深川佐賀町の寓《ぐう》居《きょ》で、房楊枝《ふさようじ》をくわえながら、錆竹《さびたけ》の濡《ぬ》れ縁《えん》に万年青《おもと》の鉢を眺めて居ると、庭の裏木戸を訪《おとな》うけはいがして、袖垣《そでがき》のかげから、ついぞ見馴れぬ小娘が這入《はい》って来た。

それは清吉が馴染の辰巳の芸妓から寄こされた使《つかい》の者であった。

「姐《ねえ》さんからこの羽織を親方へお手渡しして、何か裏地へ絵模様を画《か》いて下さるようにお頼み申せって……」

と、娘は鬱金《うこん》の風呂敷をほどいて、中から岩井杜若《いわいとじゃく》の似顔画のたとうに包まれた女羽織と、一通の手紙とを取り出した。

その手紙には羽織のことをくれぐれも頼んだ末に、使の娘は近々に私の妹分として御座敷へ出る筈《はず》故《ゆえ》、私の事も忘れずに、この娘《こ》も引き立ててやって下さいと認《したた》めてあった。

「どうも見覚えのない顔だと思ったが、それじゃお前はこの頃此方《こっち》へ来なすったのか」

　こう云って清吉は、しげしげと娘の姿を見守った。年頃は漸《ようよ》う十六か七かと思われたが、その娘の顔は、不思議にも長い月日を色里《いろざと》に暮らして、幾十人の男の魂を弄《もてあそ》んだ年増のように物凄く整って居た。それは国中の罪《つみ》と財《たから》との流れ込む都の中で、何十年の昔から生き代り死に代ったみめ麗《うるわ》しい多くの男女の、夢の数々から生れ出《い》づべき器量であった。

「お前は去年の六月ごろ、平清から駕籠で帰ったことがあろうがな」

　こう訊《たず》ねながら、清吉は娘を縁へかけさせて、備後《びんご》表《おもて》の台に乗った巧緻《こうち》な素足を仔細《しさい》に眺めた。

「ええ、あの時分なら、まだお父さんが生きて居たから、平清へもたびたびまいりましたのさ」

と、娘は奇妙な質問に笑って答えた。

「丁度これで足かけ五年、己《おれ》はお前を待って居た。顔を見るのは始めてだが、お前の足にはおぼえがある。――お前に見せてやりたいものがあるから、上ってゆっくり遊んで行くがいい」

と、清吉は暇《いとま》を告げて帰ろうとする娘の手を取って、大川《おおかわ》の水に臨む二階座敷へ案内した後、巻物を二本とり出して、先《ま》ずその一つを娘の前に繰り展《ひろ》げた。

それは古《いにしえ》の暴君紂王《ちゅうおう》の寵妃《ちょうひ》、末喜《ばっき》を描いた絵であった。瑠璃珊《るりさん》瑚《ご》を鏤《ちりば》めた金冠の重さに得堪えぬなよやかな体を、ぐったり勾欄《こうらん》に靠《もた》れて、羅綾《らりょう》の裳裾《もすそ》を階《きざはし》の中段にひるがえし、右手に大杯を傾けながら、今しも庭前に刑せられんとする犠牲《いけにえ》の男を眺めて居る妃の風情《ふぜい》と云い、鉄の鎖で四肢を銅柱へ縛《ゆ》いつけられ、最後の運命を待ち構えつつ、妃の前に頭をうなだれ、眼を閉じた男の顔色と云い、物凄い迄に巧《たくみ》に描かれて居た。

娘は暫《しばら》くこの奇怪な絵の面《おもて》を見入って居たが、知らず識《し》らずその瞳は輝きその唇は顫《ふる》えた。怪しくもその顔はだんだんと妃の顔に似通って来た。娘は其処《そこ》に隠れたる真の「己《おのれ》」を見出《みいだ》した。

「この絵にはお前の心が映って居るぞ」

こう云って、清吉は快《こころよ》げに笑いながら、娘の顔をのぞき込んだ。

「どうしてこんな恐ろしいものを、私にお見せなさるのです」

と、娘は青褪《あおざ》めた額を擡《もた》げて云った。

「この絵の女はお前なのだ。この女の血がお前の体に交って居る筈だ」

と、彼は更に他の一本の画幅を展げた。

それは「肥料」と云う画題であった。画面の中央に、若い女が桜の幹へ身を倚《よ》せて、足下に累々と斃《たお》れて居る多くの男たちの屍骸《むくろ》を見つめて居る。女の身辺を舞いつつ凱歌《かちどき》をうたう小鳥の群、女の瞳に溢れたる抑え難き誇りと歓《よろこ》びの色。それは戦《たたかい》の跡の景色か、花園の春の景色か。それを見せられた娘は、われとわが心の底に潜んで居た何物かを、探りあてたる心地であった。

肥料

「これはお前の未来を絵に現わしたのだ。此処《ここ》に斃れて居る人達は、皆これからお前の為めに命を捨てるのだ」

こう云って、清吉は娘の顔と寸分《すんぶん》違《たが》わぬ画面の女を指さした。

「後生だから、早くその絵をしまって下さい」

と、娘は誘惑を避けるが如《ごと》く、画面に背《そむ》いて畳の上へ突俯《つっぷ》したが、やがて再び唇をわななかした。

「親方、白状します。私はお前さんのお察し通り、その絵の女のような性分を持って居ますのさ。——だからもう堪忍《かんにん》して、それを引っ込めてお呉《く》んなさい」

「そんな卑怯なことを云わずと、もっとよくこの絵を見るがいい。それを恐ろしがるのも、まあ今のうちだろうよ」

こう云った清吉の顔には、いつもの意地の悪い笑いが漂って居た。

然《しか》し娘の頭《つむり》は容易に上らなかった。襦袢《じゅばん》の袖に顔を蔽《おお》うていつまでも突俯したまま、

「親方、どうか私を帰しておくれ。お前さんの側《そば》に居るのは恐ろしいから」

と、幾度か繰り返した。

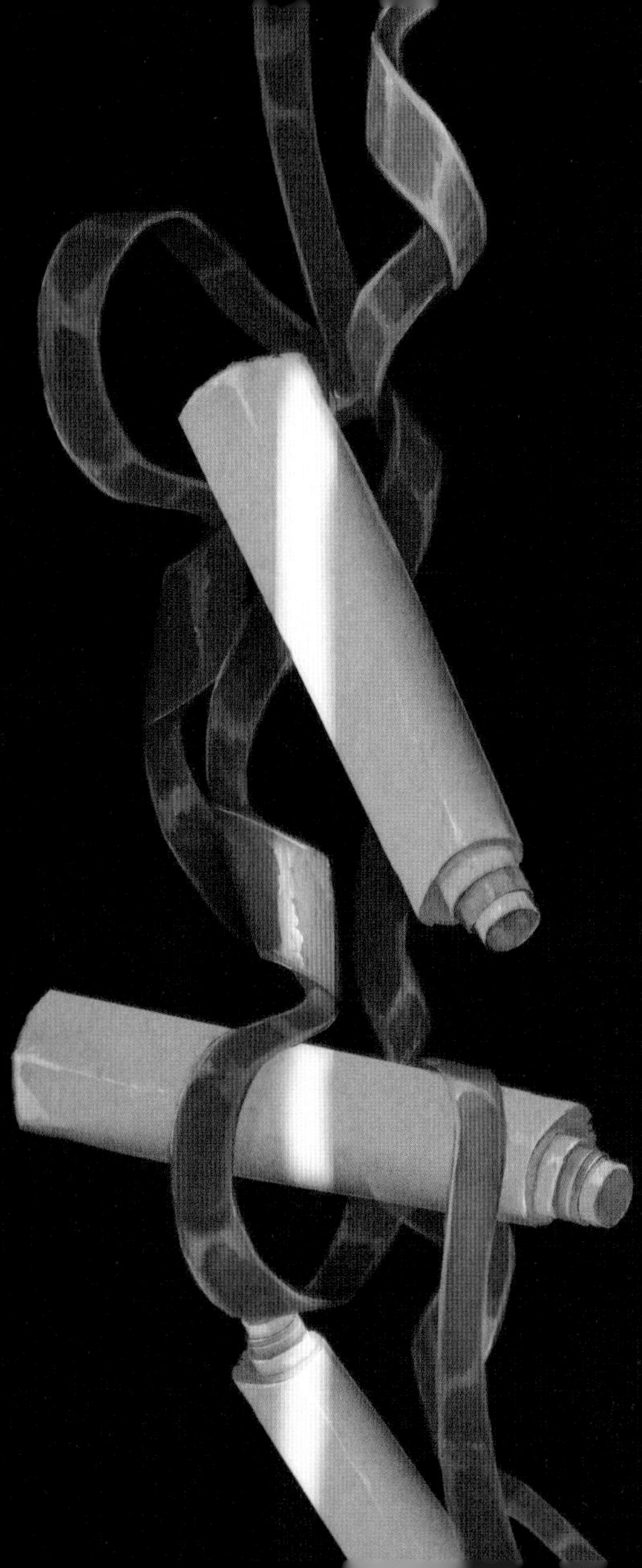

「まあ待ちなさい。己がお前を立派な器量の女にしてやるから」
と云いながら、清吉は何気なく娘の側に近寄った。彼の懐《ふところ》には嘗《かつ》
て和蘭《オランダ》医から貰った麻睡剤の罎《びん》が忍ばせてあった。

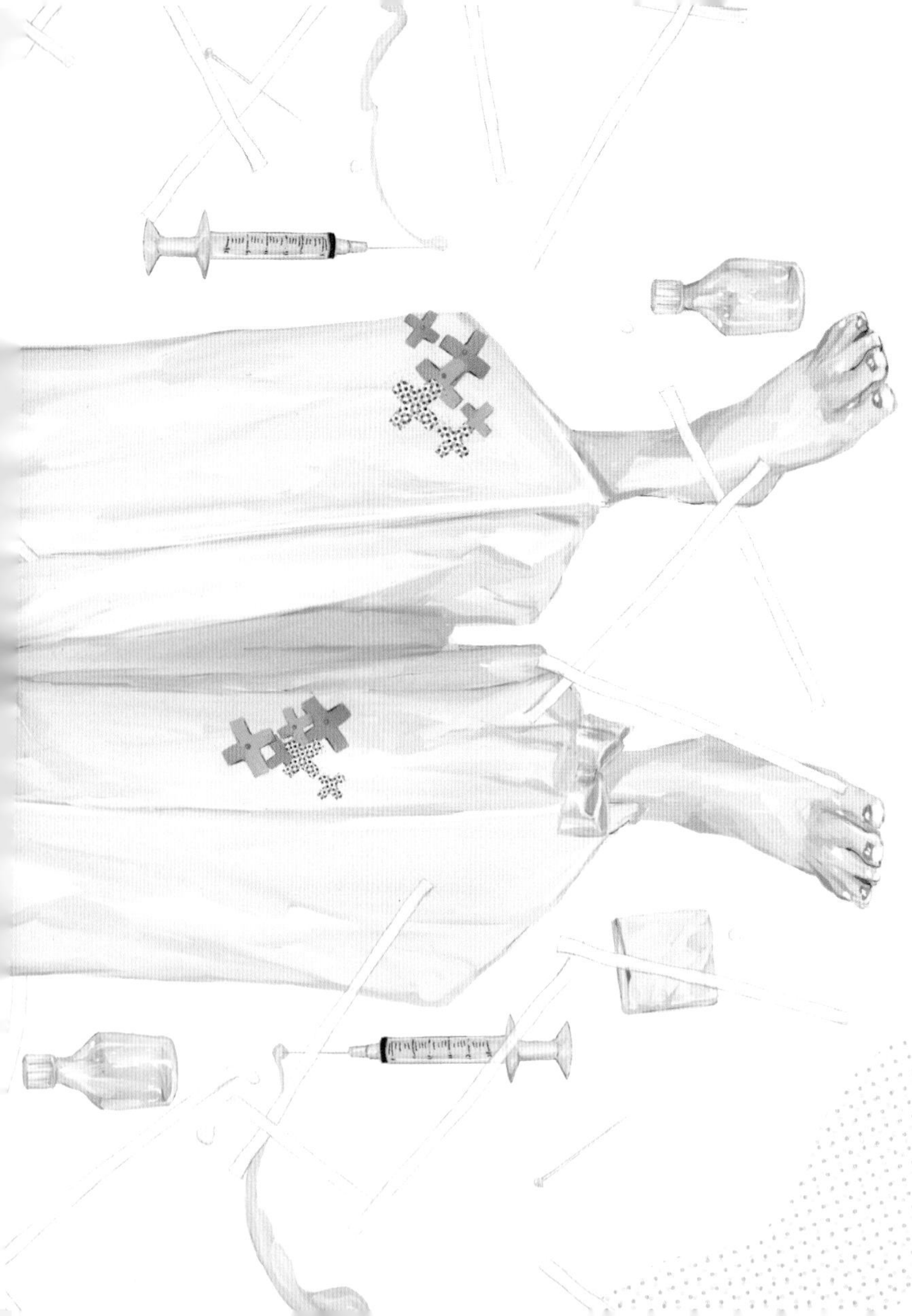

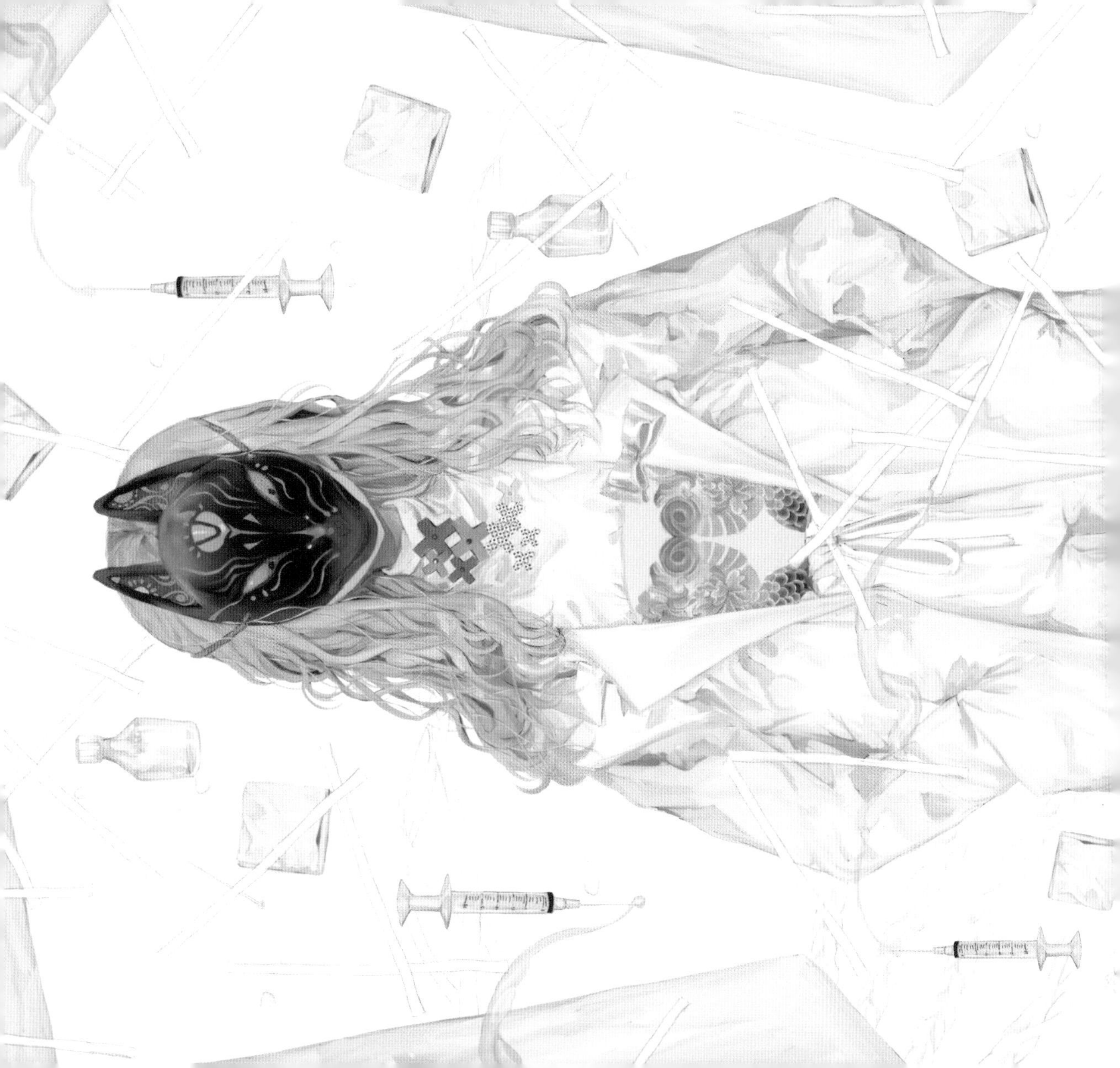

日はうららかに川面を射て、八畳の座敷は燃えるように照った。水面から反射する光線が、無心に眠る娘の顔や、障子の紙に金色《こんじき》の波紋を描いてふるえて居た。部屋のしきりを閉《た》て切って刺青の道具を手にした清吉は、暫くは唯恍惚《うっとり》としてすわって居るばかりであった。彼は今始めて女の妙相《みょうそう》をしみじみ味わう事が出来た。その動かぬ顔に相対して、十年百年この一室に静坐《せいざ》するとも、なお飽くことを知るまいと思われた。古のメムフィスの民が、荘厳なる埃及《エジプト》の天地を、ピラミッドとスフィンクスとで飾ったように、清吉は清浄な人間の皮膚を、自分の恋で彩《いろど》ろうとするのであった。

やがて彼は左手の小指と無名指と拇指の間に挿《はさ》んだ絵筆の穂を、娘の背にねかせ、その上から右手で針を刺して行った。若い刺青師の霊《こころ》は墨汁の中に溶けて、皮膚に滲《にじ》んだ。焼酎に交ぜて刺り込む琉球朱《りゅうきゅうしゅ》の一滴々々は、彼の命のしたたりであった。彼は其処に我が魂の色を見た。

いつしか午《ひる》も過ぎて、のどかな春の日は漸《ようや》く暮れかかったが、清吉の手は少しも休まず、女の眠りも破れなかった。娘の帰りの遅きを案じて迎いに出た箱屋迄が、

「あの娘《こ》ならもう疾《と》うに帰って行きましたよ」

と云われて追い返された。月が対岸の土州《としゅう》屋敷の上にかかって、夢のような光が沿岸一帯の家々の座敷に流れ込む頃には、刺青はまだ半分も出来上らず、清吉は一心に蝋燭《ろうそく》の心《しん》を掻《か》き立てて居た。

一点の色を注ぎ込むのも、彼に取っては容易な業《わざ》でなかった。さす針、ぬく針の度毎《たびごと》に深い吐息をついて、自分の心が刺されるように感じた。針の痕《あと》は次第々々に巨大な女郎蜘蛛《じょろうぐも》の形象《かたち》を具《そな》え始めて、再び夜がしらしらと白み初《そ》めた時分には、この不思議な魔性の動物は、八本の肢《あし》を伸ばしつつ、背一面に蟠《わだかま》った。

春の夜は、上り下りの河船《かわふね》の櫓声《ろごえ》に明け放れて、朝風を孕《はら》んで下る白帆の頂から薄らぎ初める霞《かすみ》の中に、中洲《なかす》、箱崎、霊岸島《れいがんじま》の家々の甍《いらか》がきらめく頃、清吉は漸く絵筆を擱《お》いて、娘の背に刺り込まれた蜘蛛のかたちを眺めて居た。その刺青こそは彼が生命のすべてであった。その仕事をなし終えた後の彼の心は空虚《うつろ》であった。

二つの人影はそのまま稍《や》々《や》暫く動かなかった。そうして、低く、かすれた声が部屋の四壁にふるえて聞えた。

「己はお前をほんとうの美しい女にする為めに、刺青の中へ己の魂をうち込んだのだ、もう今からは日本国中に、お前に優《まさ》る女は居ない。お前はもう今迄のような臆病《おくびょう》な心は持って居ないのだ。男と云う男は、皆なお前の肥料《こやし》になるのだ。……」

その言葉が通じたか、かすかに、糸のような呻き声が女の唇にのぼった。娘は次第々々に知覚を恢復《かいふく》して来た。重く引き入れては、重く引き出す肩息に、蜘蛛の肢は生けるが如く蠕動《ぜんどう》した。

「苦しかろう。体を蜘蛛が抱きしめて居るのだから」

こう云われて娘は細く無意味な眼を開いた。その瞳は夕月の光を増すように、だんだんと輝いて男の顔に照った。

「親方、早く私に背《せなか》の刺青を見せておくれ、お前さんの命を貰った代りに、私はさぞ美しくなったろうねえ」

娘の言葉は夢のようであったが、しかしその調子には何処《どこ》か鋭い力がこもって居た。

「まあ、これから湯殿へ行って色上げをするのだ。苦しかろうがちッと我慢をしな」

と、清吉は耳元へ口を寄せて、労《いた》わるように囁《ささや》いた。

「美しくさえなるのなら、どんなにでも辛抱して見せましょうよ」

と、娘は身内《みうち》の痛みを抑えて、強《し》いて微笑《ほゝえ》んだ。

「ああ、湯が滲《し》みて苦しいこと。……親方、後生だから私を打《う》っ捨《ちゃ》って、二階へ行って待って居てお呉れ、私はこんな悲惨《みじめ》な態《ざま》を男に見られるのが口惜《くや》しいから」

娘は湯上りの体を拭《ぬぐ》いもあえず、いたわる清吉の手をつきのけて、激しい苦痛に流しの板の間へ身を投げたまま、魘《うな》される如くに呻いた。気狂《きちがい》じみた髪が悩ましげにその頬《ほお》へ乱れた。女の背後には鏡台が立てかけてあった。真っ白な足の裏が二つ、その面へ映って居た。

昨日とは打って変った女の態度に、清吉は一《ひ》と方《かた》ならず驚いたが、云われるままに独り二階に待って居ると、凡《およ》そ半時ばかり経《た》って、女は洗い髪を両肩へすべらせ、身じまいを整えて上って来た。そうして苦痛《くるしみ》のかげもとまらぬ晴れやかな眉を張って、欄干に靠《もた》れながらおぼろにかすむ大空を仰いだ。

「この絵は刺青と一緒にお前にやるから、それを持ってもう帰るがいい」

こう云って清吉は巻物を女の前にさし置いた。

「親方、私はもう今迄のような臆病な心を、さらりと捨ててしまいました。——お前さんは真先に私の肥料《こやし》になったんだねえ」

と、女は剣《つるぎ》のような瞳を輝かした。その耳には凱歌の声がひびいて居た。

「帰る前にもう一遍、その刺青を見せてくれ」

清吉はこう云った。

女は黙って頷《うなず》いて肌を脱いだ。折から朝日が刺青の面《おもて》にさして、

女の背《せなか》は燦爛《さんらん》とした。

※本書には、現在の観点から見ると差別用語と取られかねない表現が含まれていますが、原文の歴史性を考慮してそのままとしました。

乙女の本棚シリーズ

『女生徒』
太宰治 + 今井キラ

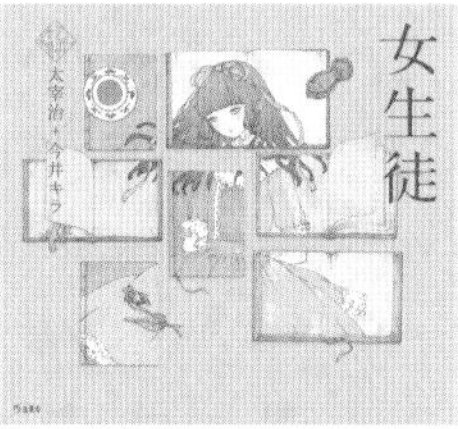

『押絵と旅する男』
江戸川乱歩 + しきみ

『外科室』
泉鏡花 + ホノジロトヲジ

『猫町』
萩原朔太郎 + しきみ

『瓶詰地獄』
夢野久作 + ホノジロトヲジ

『赤とんぼ』
新美南吉 + ねこ助

『葉桜と魔笛』
太宰治 + 紗久楽さわ

『蜜柑』
芥川龍之介 + げみ

『月夜とめがね』
小川未明 + げみ

『檸檬』
梶井基次郎 + げみ

『夢十夜』
夏目漱石 + しきみ

『夜長姫と耳男』
坂口安吾 + 夜汽車

『桜の森の満開の下』
坂口安吾＋しきみ

『死後の恋』
夢野久作＋ホノジロトヲジ

『山月記』
中島敦＋ねこ助

『秘密』
谷崎潤一郎＋マツオヒロミ

『魔術師』
谷崎潤一郎＋しきみ

『人間椅子』
江戸川乱歩＋ホノジロトヲジ

『春は馬車に乗って』
横光利一＋いとうあつき

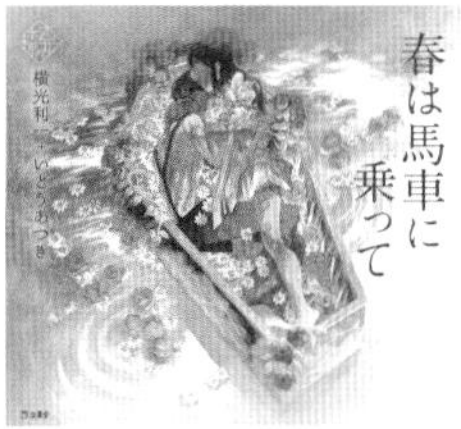

『魚服記』
太宰治＋ねこ助

『刺青』
谷崎潤一郎＋夜汽車

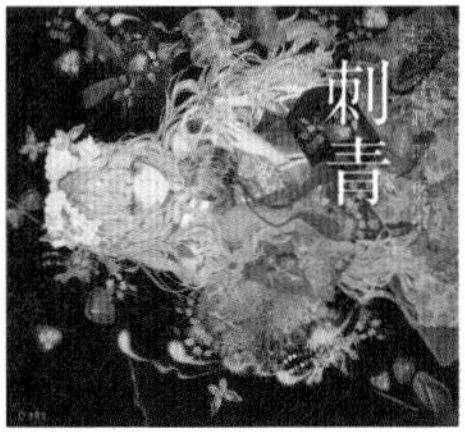

定価：1980円（本体1800円＋税10%）

刺青

2021年 6月11日　第1版1刷発行
2022年11月25日　第1版2刷発行

著者　谷崎 潤一郎
絵　夜汽車

発行人　松本 大輔
編集人　野口 広之
編集長　山口 一光
デザイン　根本 綾子(Karon)
担当編集　切刀 匠

発行：立東舎
発売：株式会社リットーミュージック
〒101-0051 東京都千代田区神田神保町一丁目105番地

印刷・製本：株式会社広済堂ネクスト

【本書の内容に関するお問い合わせ先】
info@rittor-music.co.jp
本書の内容に関するご質問は、Eメールのみでお受けしております。
お送りいただくメールの件名に「刺青」と記載してお送りください。
ご質問の内容によりましては、しばらく時間をいただくことがございます。
なお、電話やFAX、郵便でのご質問、本書記載内容の範囲を超えるご質問につきましてはお答えできませんので、
あらかじめご了承ください。

【乱丁・落丁などのお問い合わせ】
service@rittor-music.co.jp

Printed in Japan　ISBN978-4-8456-3627-3
定価はカバーに表示しております。